Si j'ai cessé de branler des mecs, ce n'est pas parce que je n'étais pas douée pour ça. J'ai cessé de branler des mecs parce que j'étais la meilleure.

Pendant trois ans, j'ai dispensé les meilleures branlettes de New York et ses environs. Le truc, c'est de ne pas trop réfléchir. Si vous commencez à vous prendre la tête avec la technique, si vous vous mêlez d'analyser le rythme et la pression, la nature fondamentale de l'acte vous échappe. Il faut se préparer mentalement en amont, ensuite il faut arrêter de penser et faire confiance à son corps pour prendre le relais.

Dans le fond, c'est un peu comme un swing au golf.

Je branlais des mecs six jours par semaine, huit heures par jour, avec une pause pour le déjeuner, et mon agenda était toujours plein. Je prenais deux semaines de vacances par an, et je ne travaillais jamais pendant les fêtes, parce que les branlettes, à cette période, c'est triste pour tout le monde. Donc, en trois ans, selon mes estimations, j'ai effectué à peu près 23 546 branlettes. Alors n'allez pas écouter cette salope de Shardelle, qui prétend que j'ai abandonné parce que je n'avais pas le talent nécessaire.

J'ai abandonné parce que, quand vous pratiquez 23 546 branlettes sur une période de trois ans, le syndrome du canal carpien, ça devient une réalité.

C'est honnêtement que je suis entrée dans le métier. Ou peut-être serait-il plus juste de dire « naturellement ». Dans ma vie, je n'ai jamais fait grand-chose honnêtement. J'ai été élevée en ville par une mère borgne (sacrée phrase d'intro pour ma future autobiographie sensationnaliste, non ?), et ce n'était pas une femme bien. Elle n'avait pas de problème de boisson ou de drogue, mais elle avait un problème avec le travail. C'était la pouffiasse la plus paresseuse que j'aie jamais rencontrée. Deux fois par semaine, on descendait dans les rues commerçantes pour faire la manche. Mais comme ma mère honnissait la station debout, il fallait faire preuve de stratégie. Récolter autant d'argent que possible en moins de temps possible, puis rentrer à la maison bouffer des Zebra Cakes en regardant des émissions de télé-réalité judiciaires sur notre matelas défoncé, parmi les taches. (Les taches, c'est mon principal souvenir d'enfance. Je ne saurais pas vous dire la couleur de l'œil de ma mère, mais je peux vous affirmer que la tache sur la moquette à poils longs était d'un marron poisseux, épais, que les taches du plafond étaient orange brûlé et que les taches sur le mur étaient du même jaune vif que la pisse qui accompagne une bonne gueule de bois.)

Ma mère et moi, on s'habillait en conséquence. Elle mettait une jolie robe en coton délavé élimée mais criante de bienséance, et m'affublait de n'importe quel habit devenu trop petit. On se postait sur un banc et on choisissait nos cibles. La combine est très simple. Le premier choix, c'est un car d'une église de province. Les bigots urbains, ils vont vous envoyer à l'église, c'est tout. Ceux qui viennent d'ailleurs, en général, ils se sentent obligés de donner, en particulier à une dame borgne flanquée d'une gamine à l'air triste. Le deuxième choix, ce sont les femmes qui se promènent par deux. (Les femmes seules peuvent s'esquiver trop vite ; un groupe de femmes, c'est trop dur à manœuvrer.) Le troisième choix, c'est une femme seule à l'air avenant. Ce n'est pas sorcier : la femme que vous arrêtez pour demander votre chemin ou l'heure qu'il est, c'est à elle que nous, nous demandions de l'argent. Les hommes assez jeunes avec des barbes ou des guitares, ça le fait aussi. Inutile d'accoster les types en costard : c'est peut-être cliché, mais il est incontestable que ce sont tous des connards. Laissez aussi tomber les bagues au pouce. Je ne sais pas pourquoi, mais les mecs qui portent une bague au pouce ne donnent jamais.

Ceux que nous choisissions ? Nous ne les appelions pas des cibles, des proies ou des victimes. Nous les appelions des Tony, parce que mon père s'appelait Tony et qu'il était incapable de dire non à qui que ce soit (même si je suppose qu'il a dit non à ma mère au moins une fois, quand elle lui a demandé de rester).

Une fois que vous avez abordé un Tony, il suffit de deux secondes pour déterminer la meilleure façon de mendier. Il y en a qui préfèrent que ça se termine vite, comme un vol à l'arraché. Vous lâchez à toute vitesse : « Onabesoin dargentpourmangervousauriezdelamonnaie ? » Il y en a d'autres qui tiennent à savourer votre malheur. Ils ne vous donneront de l'argent que si vous leur donnez matière à être contents d'eux-mêmes : plus votre histoire est triste, plus ils seront fiers de vous aider, et plus d'argent vous récolterez. Je ne les blâme pas. Si on va au théâtre, c'est pour se divertir.

Ma mère avait grandi dans une ferme du sud de l'État. Sa mère était morte en couches ; son père cultivait du soja ; il l'avait élevée quand il n'était pas trop épuisé. Elle était montée à la ville pour la fac, mais son père avait eu un cancer, la ferme avait été vendue, l'argent était venu à manquer et elle avait été forcée de laisser tomber ses études. Elle avait travaillé comme serveuse pendant trois ans, mais sa petite fille était arrivée, puis le papa de sa petite fille s'était tiré et en un rien de temps… elle était devenue l'une d'entre eux. Les nécessiteux. Elle n'en était pas fière…

Vous voyez le topo. C'était juste le point de départ. Vous pouvez développer. Si la personne voulait une histoire édifiante, ça se voyait très vite : dans ce cas, j'étais une excellente élève scolarisée dans une école publique loin de chez moi (de fait, c'était le cas, mais la vérité n'entre pas ici en ligne de compte), et Maman avait juste besoin d'argent pour payer l'essence et m'y conduire (en fait, je prenais trois bus toute seule). Il y en avait aussi qui aimaient bien qu'on mette nos malheurs sur le dos du système :

ces fois-là, j'étais affligée d'une maladie rare (nommée d'après le connard avec qui ma mère sortait à l'époque – le syndrome Todd Tychon, la maladie de Gregory Fisher), et mes soins nous avaient ruinées.

Ma mère était rusée, mais paresseuse. J'étais beaucoup plus ambitieuse. J'avais de l'énergie à revendre, et aucune fierté. Avant mes treize ans, j'arrivais à récolter plusieurs centaines de dollars de plus qu'elle par jour, et avant mes seize ans, je l'avais quittée, elle, les taches et la télé – et, oui, le lycée – pour me lancer à mon compte. Tous les matins, je sortais et je faisais la manche pendant six heures. Je savais exactement qui aborder, pendant combien de temps, et quoi dire. Je n'avais jamais honte. Mon activité était une transaction pure et simple : vous donniez satisfaction à quelqu'un, et ce quelqu'un vous donnait de l'argent en échange.

Vous comprendrez donc pourquoi le business de la branlette à la chaîne m'est apparu comme une évolution de carrière tout à fait naturelle.

Spiritual Palms (ce n'est pas moi qui ai baptisé la boutique, ne me jugez pas) se trouvait dans un quartier plein de Tony, à l'ouest. Tarots et boules de cristal à l'avant, travail sexuel *soft* et illégal à l'arrière. J'avais répondu à une petite annonce pour un boulot de réceptionniste. En fin de compte, « réceptionniste », ça voulait dire « pute ». Ma patronne, Viveca, est une ancienne réceptionniste qui exerce maintenant la profession de chiromancienne en tout bien tout honneur. (Même si Viveca n'est pas son vrai nom : son vrai nom, c'est Jennifer, mais les gens ne font pas confiance à une Jennifer pour lire l'avenir ; une Jennifer, ça peut vous conseiller pour acheter d'adorables escarpins ou vous indiquer un marché pittoresque, mais ça n'a pas à se mêler de l'avenir des gens.) Viveca emploie quelques diseuses de bonne aventure à l'avant de la boutique et dirige une petite salle bien propre à l'arrière. La pièce du fond ressemble à un cabinet de médecin : il y a des serviettes en papier, du désinfectant et une table d'examen. Les filles l'ont arrangée en ajoutant des foulards sur les lampes, du pot-pourri et des coussins à paillettes – des trucs qui ne peuvent intéresser que des gamines super *girly*. Franchement, si j'étais un mec, je n'entrerais pas dans la pièce en m'exclamant : « Mon Dieu, ça sent bon le strudel et la noix de muscade… Vite, attrape-moi la bite ! » J'entrerais dans la pièce en en disant le moins possible et, pour la plupart, c'est ce qu'ils font.

Il est unique, l'homme qui vient se faire faire une branlette. (Et nous ne faisons que des branlettes ici, moi en tout cas – j'ai déjà un casier pour plusieurs petits vols, des bêtises que j'ai faites à dix-huit, dix-neuf, vingt ans, ce qui me garantit que je ne décrocherai *jamais* un boulot correct, alors je n'ai pas besoin d'une affaire de prostitution aggravée par-dessus.) Un type qui veut une branlette est une créature très différente d'un type qui veut se faire sucer ou qui veut baiser. C'est vrai, pour certains mecs, la branlette, ce n'est qu'une entrée en matière. Mais j'avais beaucoup de clients réguliers : ils ne voudront jamais davantage qu'une branlette. Ils ne considèrent pas qu'une branlette, c'est de l'infidélité. Soit ça, soit ils ont peur des maladies, soit ils n'ont pas le courage de demander plus. En général, ce sont des hommes mariés, tendus, nerveux, des hommes avec des boulots moyens, presque toujours sans influence. Je ne juge pas. Je donne juste mon point de vue. Ils vous veulent attirante, mais pas vulgaire. Par exemple, dans la vie, je porte des lunettes, mais je ne les mets pas quand je suis dans le fond parce que ça constitue une distraction – ils s'imaginent que vous allez leur faire le coup de la Bibliothécaire Sexy, et ça les perturbe, parce qu'ils attendent alors les premiers accords d'une chanson de ZZ Top, et quand ils ne les entendent pas, ils sont gênés d'avoir pensé que vous alliez faire le coup de la Bibliothécaire Sexy et ils se déconcentrent. Par conséquent toute l'affaire prend plus de temps qu'il ne serait souhaitable pour tout le monde.

Ils vous veulent amicale et agréable, mais pas faible. Ils ne veulent pas se donner l'impression d'être des prédateurs. Ils veulent une transaction. Une prestation de service. Alors vous échangez quelques propos polis sur le temps qu'il fait ou sur une équipe de sport qu'ils aiment bien. Je m'efforce en général d'instaurer une espèce de *private joke* que nous pouvons nous répéter à chaque visite – une *private joke*, ça permet de créer un semblant d'amitié sans avoir à effectuer le boulot nécessaire à entretenir une amitié véritable. Alors vous dites : « Je vois que c'est la saison des fraises ! » ou : « Il va nous falloir un plus gros bateau » (ce sont des exemples authentiques que je vous donne là) et la glace est brisée ; comme vous êtes amis, ils n'ont pas l'impression d'être des ordures, le ton est posé et vous pouvez vous y mettre.

Lorsque les gens me posaient la question que pose tout le monde : « Qu'est-ce que vous faites dans la vie ? », je répondais : « Je suis chargée de clientèle », ce qui était vrai. Pour moi, quand je fais sourire un maximum de clients, c'est une bonne journée de travail. Franchement, je préférerais être bibliothécaire, mais je m'inquiète pour la sécurité de l'emploi. Les livres, ça pourrait bien être temporaire ; les bites sont éternelles.

Le problème, c'était que mon poignet me faisait souffrir le martyre. À peine trente ans, et j'avais le poignet d'une octogénaire, et une attelle sportive bien tue-l'amour pour aller avec. Je la retirais avant de me mettre au boulot, mais le son du velcro stressait un peu les mecs. Un jour, Viveca est venue me trouver dans le fond. C'est une femme lourde, comme une pieuvre – il flotte autour d'elle quantité de perles, de foulards et de frou-frous, ainsi qu'une forte odeur d'eau de Cologne. Elle a les cheveux couleur grenadine et jure que c'est naturel. (*Viveca : benjamine d'une famille de la classe ouvrière ; indulgente avec les gens qu'elle aime ; engueule les commerciaux ; plusieurs tentatives infructueuses pour devenir végétarienne.* Simple supposition.)

« Hé, l'Intello, t'aurais pas le don de seconde vue ? » m'a-t-elle demandé. Elle m'appelait l'Intello parce que je portais des lunettes, lisais des livres et mangeais du yaourt à midi. Je ne suis pas vraiment une intello ; j'aspire à l'être, c'est tout. Comme j'ai abandonné le lycée, je suis autodidacte. (Ce n'est pas un gros mot, vous pouvez vérifier.) Je lis constamment. Je réfléchis. Mais l'éducation me fait défaut. Du coup, j'ai constamment l'impression que je suis plus intelligente que tous ceux qui m'entourent, mais que si je me retrouvais en présence de gens vraiment intelligents – des gens qui sont allés à l'université, qui boivent du vin et qui parlent latin – je les ennuierais à mourir. Cela donne une perspective solitaire sur l'existence. Alors je porte ce surnom comme un insigne de fierté. Comme si un jour, peut-être, il était possible que je n'ennuie pas à mourir des gens vraiment intelligents. La question, c'est : comment trouve-t-on des gens intelligents ?

« Seconde vue ? Non.

– Tu prophétises ? Tu as déjà eu des visions ?

– Non. » Je pensais que la voyance et tout le merdier, c'était *d'la connerie en boîte*, comme aurait dit ma mère. Elle venait vraiment d'une ferme du sud de l'État, ça, au moins, c'était vrai.

Viveca a arrêté de tripoter une de ses perles.

« Hé, oh, l'Intello, j'essaie de t'aider, là. »

J'ai pigé. Je ne suis pas si lente que ça en général, mais mon poignet me lançait terriblement. Le genre de douleur accaparante où l'on ne peut penser qu'à une seule chose, le moyen d'arrêter la douleur. En plus, à ma décharge, quand Viveca pose des questions, d'habitude, c'est seulement pour se donner l'occasion de parler – elle ne s'intéresse pas vraiment à vos réponses.

« À chaque fois que je rencontre des gens, j'ai immédiatement une vision, j'ai dit, en prenant sa voix empruntée et sage, qui ils sont, et de quoi ils ont besoin. Je vois ça comme une couleur, un halo, autour d'eux. » En réalité, tout était vrai, sauf la dernière partie.

« Tu vois les auras. » Elle a souri. « J'en étais sûre. »

C'est comme ça que j'ai appris que je passais à l'avant de la boutique. J'allais lire les auras, ce qui signifiait que je n'avais besoin d'aucune formation. « Tu n'as qu'à leur dire ce qu'ils veulent entendre, a dit Viveca. Travaille-les au corps. » Et lorsque les gens me demandaient : « Qu'est-ce que vous faites dans la vie ? », je répondais : « Je suis spécialiste de la vision » ou : « Je suis dans les pratiques thérapeutiques. » Ce qui était vrai.

Les clientes voyance étant presque toutes des femmes, et les clients branlette étant bien sûr tous des hommes, nous faisions marcher la boutique avec une précision d'horloge. Ce n'était pas un grand espace : il fallait faire entrer et installer un mec dans la pièce du fond, et s'assurer qu'il jouissait juste avant que la nana arrive pour son rendez-vous. Il aurait été fâcheux que des glapissements orgasmiques s'élèvent de l'arrière-boutique pendant qu'une dame vous racontait que son mariage battait de l'aile. L'excuse du nouveau chiot, ça ne marche qu'une fois.

Toute l'entreprise était risquée, car les clientes de Viveca étaient pour la plupart issues de la classe moyenne supérieure et de la petite bourgeoisie. De ce fait, elles se choquaient facilement. Si les femmes au foyer riches et tristes ne veulent pas se faire dire l'avenir par une Jennifer, elles veulent encore moins s'en remettre à une ex-travailleuse sexuelle assidue au poignet usé. Tout est dans les apparences. Ce ne sont pas des femmes qui veulent s'encanailler. Ce sont des femmes dont le but principal est de vivre en ville, mais en gardant l'impression qu'elles sont dans une banlieue résidentielle. Le bureau à l'avant de la boutique ressemblait à une pub pour Pottery Barn[1]. Je m'habillais en conséquence, c'est-à-dire *grosso-modo* comme une artiste bohème revue et corrigée par la marque Anthropologie. Les blouses paysannes, c'est la clef.

Les femmes qui venaient en groupe, elles étaient frivoles, sapées, pompettes, prêtes à s'amuser. Celles qui venaient toutes seules, par contre, elles voulaient vraiment y croire. Elles étaient désespérées, et leur assurance ne leur permettait pas de se payer un psy. Soit ça, soit elles ignoraient qu'elles étaient assez désespérées pour avoir besoin d'un psy. Il était difficile de les plaindre. J'essayais, parce que ça la fout mal si votre voyante, la gardienne de votre avenir, a l'air de se foutre de votre gueule. Mais franchement, merde. Grande maison en ville, des maris qui ne les battaient pas et les aidaient avec les enfants, un métier ou pas mais, en tout cas, toujours un club de lecture. Et

1. Chaîne populaire de magasins de décoration aux États-Unis. *(Toutes les notes sont de la traductrice.)*

elles étaient quand même tristes. C'est ce qu'elles finissaient toujours par dire : « Mais je suis juste... triste. » Quand on est triste, en général, ça veut dire qu'on a trop de temps à perdre. Sérieusement. Je n'ai pas de diplôme de psychologie, mais en général, ça veut dire trop de temps.

Alors je dis des choses comme : « Une grande passion est sur le point d'entrer dans votre vie. » Après quoi vous choisissez quelque chose à leur faire faire. Vous devinez ce qui peut les revaloriser à leurs propres yeux. Devenir tutrice d'un enfant, faire du bénévolat dans une bibliothèque, stériliser des chiens, militer pour l'écologie. Mais il ne faut pas que ça se présente sous la forme d'une suggestion, c'est ça le secret. Il faut présenter la chose comme un avertissement : « Une grande passion est sur le point d'entrer dans votre vie... il vous faut avancer prudemment, sans quoi elle éclipsera tout ce qui compte pour vous ! »

Je ne dis pas que c'est toujours aussi facile, mais souvent, ça l'est. Les gens veulent de la passion. Les gens veulent une raison d'être. Et quand ils obtiennent ces choses, ils reviennent vous voir, parce que vous avez prédit leur avenir, et qu'il était positif.

Susan Burke était différente. À la seconde où je l'ai vue, j'ai compris qu'elle était plus intelligente que les autres. Je suis entrée dans la pièce par un matin pluvieux d'avril, juste après un client branlette. J'en gardais encore quelques-uns – mes habitués préférés – et je venais donc d'assister un richard gentil et ringard qui se faisait appeler Michael Audley (je dis « se faisait appeler » parce que je pars du principe qu'un richard n'irait pas me donner son vrai nom). Mike Audley : *Éclipsé par un frère sportif ; arrivé en ville pour la fac ; extrêmement intelligent mais pas prétentieux ; joggeur compulsif.* Simple supposition. La seule chose que je savais vraiment de Mike, c'est qu'il aimait les livres. Il recommandait des bouquins avec la ferveur que j'avais toujours recherchée en tant qu'aspirante intello : avec empressement et sympathie. Il *faut* que tu lises ça ! Bien vite nous avons eu notre club de lecture privé (et parfois collant). C'était un grand fan des « Classiques de la littérature fantastique », et il voulait me convertir (« T'es une *voyante,* après tout », disait-il avec un sourire.) Ce jour-là, donc, nous avons discuté des thèmes de la solitude et du besoin dans *Hantise,* de Shirley Jackson, il a joui, je me suis essuyée avec une lingette, et j'ai pris l'ouvrage qu'il me prêtait jusqu'à la prochaine fois : *La Femme en blanc.* (Il *faut* que tu le lises ! C'est un des meilleurs bouquins de tous les temps !)

Puis je me suis ébouriffé les cheveux pour me donner l'air plus intuitive, j'ai lissé ma blouse paysanne, calé le livre sous mon bras, et je me suis hâtée vers l'avant de la boutique. Pas tout à fait avec une précision d'horloge : j'avais trente-sept secondes de retard. Susan Burke attendait ; elle m'a serré la main en l'agitant nerveusement de haut en bas, et ce geste répétitif m'a fait tressaillir. J'ai laissé tomber mon livre et nous nous sommes cogné la tête en le ramassant. Un numéro de slapstick : tout l'inverse de ce qu'on vient chercher chez une voyante.

Je lui ai indiqué un siège. J'ai pris ma voix de sage et je lui ai demandé pourquoi elle était venue. C'est la façon la plus simple de dire aux gens ce qu'ils veulent entendre : leur poser la question.

Susan Burke a gardé le silence quelques instants. Puis elle a murmuré : « Ma vie est en train de s'écrouler. » Elle était extrêmement jolie, mais tellement méfiante et nerveuse qu'on ne réalisait pas qu'elle l'était avant de l'avoir bien regardée. Avant d'avoir sondé les yeux bleu clair derrière les lunettes. Imaginé les cheveux blond terne détachés. Elle était riche, pas de doute là-dessus. Son sac à main était trop quelconque pour ne pas être incroyablement coûteux. Sa robe était trop sage, mais bien coupée. En fait, ce n'était peut-être pas la robe, qui était trop sage – peut-être que c'est elle qui la portait comme ça. *Intelligente, mais sans imagination*, je me suis dit. *Conformiste. Vit dans la peur de dire ou de faire ce qu'il ne faut pas. Manque de confiance en elle. Sans doute traitée avec mépris par ses parents, et maintenant par son mari. Mari colérique – son plus grand espoir quotidien doit être d'arriver à la fin de la journée sans explosion. Triste. Ça va être une des tristes.*

Là-dessus, Susan Burke s'est mise à sangloter. Elle a sangloté pendant une minute et demie. Je m'apprêtais à lui laisser deux minutes avant de l'interrompre, mais elle a arrêté toute seule.

« Je ne sais pas pourquoi je suis là », a-t-elle dit. Elle a sorti un mouchoir pastel de son sac mais ne l'a pas utilisé. « C'est dingue. Et ça ne fait qu'empirer. »

Je lui ai fait « là, là » de mon mieux, sans la toucher.

« Que se passe-t-il dans votre vie ? »

Elle s'est essuyé les yeux et m'a dévisagée pendant un instant. Elle a cligné des yeux. « Vous ne le savez pas ? »

Puis elle m'a souri. Sens de l'humour. Inattendu.

« Alors comment on fait ? » a-t-elle demandé, se renfonçant dans son siège. Elle a massé un point près de sa nuque. « Comment ça marche ? »

« Je suis une intuitive psychologique, j'ai commencé. Vous savez ce que ça signifie ?

– Vous savez bien lire les gens.

– Oui, c'est un peu ça, mais mes pouvoirs sont beaucoup plus forts que de simples suppositions. Tous mes sens jouent un rôle. Je sens les vibrations qui émanent des gens. Je vois les auras. Je discerne l'odeur du désespoir, de la malhonnêteté, ou de la dépression. C'est un don que j'ai depuis ma petite enfance. Ma mère était une femme profondément déprimée, déséquilibrée. Elle était entourée d'un halo bleu foncé. Quand elle était près de moi, ma peau faisait de petits bruits métalliques – comme les touches d'un piano – et elle sentait le désespoir, qui se présente à moi sous la forme d'une odeur de pain.

– De pain ?

– C'était juste son odeur, celle d'une âme désespérée. »

Il fallait que je choisisse une nouvelle *eau de tristesse*. Pas un parfum de feuilles mortes, c'était trop évident, mais un truc terrien. Les champignons ? Non, inélégant.

« Du pain, c'est extrêmement étrange », a-t-elle dit.

En général, les gens demandaient quelle était leur odeur, ou leur aura. C'était le premier signe qu'ils se prenaient au jeu. Susan a gigoté, mal à l'aise. « Je ne veux pas être impolie, a-t-elle dit. Mais... je crois que ce n'est pas pour moi. »

Je l'ai laissée parler. Le silence empathique est l'une des armes les plus sous-employées au monde.

« OK », a fait Susan. Elle a coincé ses cheveux derrière ses oreilles des deux côtés – elle portait d'épais anneaux constellés de diamants qui brillaient comme la Voie lactée – et ça l'a aussitôt rajeunie de dix ans. Je pouvais l'imaginer enfant, peut-être toujours plongée dans les livres, jolie mais timide. Des parents exigeants. Dix-huit de moyenne, systématiquement. « Alors, qu'est-ce que vous lisez en moi ?

– Il se passe quelque chose à la maison.

– Je vous l'ai déjà dit. » Je la sentais avide, avide de croire en moi.

– Non, vous m'avez dit que votre vie s'écroulait. Je précise que c'est quelque chose qui a un rapport avec votre maison. Vous avez un mari, je sens beaucoup de discorde : je vous vois entourée d'un vert malsain, comme un jaune d'œuf pourri. Avec des volutes d'un turquoise vif et positif sur les bords. Ce que ça me dit, c'est que vous aviez quelque chose de bon et que ça a très mal tourné. C'est ça ? »

Évidemment, c'était une supposition facile, mais j'étais satisfaite de mon arrangement de couleurs ; je le trouvais juste.

Elle m'a jeté un regard noir. J'avais mis le doigt dans le mille.

« Je sens venant de vous les mêmes vibrations que ma mère : ces notes de piano perçantes, aiguës. Vous êtes désespérée. Vous êtes dans une douleur extrême. Vous ne dormez pas. »

L'allusion à l'insomnie était toujours risquée mais, en général, payante. Dans l'ensemble, les gens qui souffrent ne dorment pas bien. Les insomniaques sont extrêmement reconnaissants envers les gens qui font preuve de compréhension à l'égard de leur faiblesse.

« Non, non, je dors huit heures par nuit », a répliqué Susan.

« Ce n'est pas du vrai sommeil. Vous faites des rêves perturbants. Peut-être pas des cauchemars, peut-être que vous ne vous en souvenez même pas, mais au réveil vous êtes épuisée, vous avez mal partout. »

Vous voyez, on peut rattraper la plupart de ses suppositions hasardeuses. La femme avait dépassé la quarantaine ; les gens qui ont dépassé la quarantaine ont presque toujours mal partout au réveil. Je l'ai appris dans les pubs à la télé.

« Vous stockez l'anxiété au niveau de votre cou, j'ai continué. Et vous sentez la pivoine. Un enfant. Vous avez un enfant ? »

Si elle n'avait pas d'enfant, je dirais juste : « Mais vous en *voulez* un. » Et si elle niait – *je n'ai jamais, jamais même pensé à avoir des enfants* – j'insisterais, et sous peu, elle partirait en pensant que si, car rares sont les femmes chez qui la décision de ne pas procréer ne s'accompagne pas de quelques doutes. C'est une pensée facile à implanter. Sauf qu'elle était intelligente, cette femme.

« Oui. Enfin deux. Un fils et un beau-fils. »

Le beau-fils, pars sur le beau-fils.

« Quelque chose ne va pas dans votre maison. C'est votre beau-fils ? »

Elle s'est levée, a fouillé dans son sac de bonne facture.

« Combien je vous dois ? »

J'ai fait erreur sur un point. Je pensais que je ne la reverrais jamais. Mais quatre jours plus tard, Susan Burke était de retour. (« Est-ce que les *choses* peuvent avoir une aura ? a-t-elle demandé. Les objets, quoi. Ou une maison ? ») Puis de nouveau trois jours plus tard. (« Vous croyez aux esprits maléfiques ? Ça existe, d'après vous ? ») Puis le jour suivant.

Dans l'ensemble, je ne m'étais pas trompée sur son compte. Des parents exigeants, autoritaires, des dix-huit de moyenne, une fac de l'Ivy League, un diplôme en rapport avec le commerce. Je lui ai posé la question : « Vous faites quoi ? » Elle m'a expliqué en long en large et en travers les arcanes des diminutions d'effectif, de la restructuration et des répercussions de celles-ci sur les clients et, devant ma mine interdite, elle s'est impatientée et elle a dit : « Je définis les problèmes et je les élimine. » Ses relations avec son mari étaient correctes, sauf pour tout ce qui touchait au beau-fils. Les Burke s'étaient installés en ville l'année précédente, et c'était là que le garçon, de perturbé, était devenu perturbant.

« Miles n'a jamais été un gentil garçon, a-t-elle dit. Je suis la seule maman qu'il ait connue – je suis avec son père depuis qu'il a quatre ans. Mais il a toujours été froid. Introverti. Il est vide, un point c'est tout. Je m'en veux de dire ça. En soi, être introverti, ce n'est pas un problème. Mais depuis un an, depuis le déménagement... il a changé. Il est devenu plus agressif. Il est tellement en colère. Tellement sombre. Menaçant. Il me fait peur. »

Le garçon avait quinze ans, et venait de déménager de force de la banlieue résidentielle à la ville où il ne connaissait personne, et c'était déjà un gamin mal dans sa peau, renfermé au départ. Bien sûr qu'il était en colère. Ça l'aurait aidée que je dise ça, mais je me suis abstenue. J'ai sauté sur une opportunité.

J'essayais de me lancer dans le business du nettoyage d'aura domestique. En gros, quand les gens s'installent dans une nouvelle maison, ils vous appellent. Vous parcourez la maison en brûlant de la sauge, en renversant du sel et en marmonnant force incantations. Un nouveau départ, histoire d'effacer toutes les mauvaises énergies qu'auraient pu laisser traîner les anciens propriétaires. Maintenant que les gens se réinstallaient dans le centre, dans des maisons anciennes, il me semblait que cette activité était sur le point d'exploser. Une maison vieille de cent ans, ça fait un sacré paquet de vibrations.

« Susan, avez-vous envisagé que la maison puisse affecter le comportement de votre fils ? »

Susan s'est penchée en avant, les yeux écarquillés. « Oui ! Oui, tout à fait. Est-ce que c'est de la folie ? C'est pour ça... pour ça que je suis revenue. Parce que... il y avait du sang sur le mur.

– Du sang ? »

Elle s'est penchée en avant et j'ai senti l'odeur de la menthe qui couvrait sa mauvaise haleine. « La semaine dernière. Je ne voulais pas en parler... Je pensais que vous alliez me prendre pour une folle. Mais il était bien là. Un long filet de sang, du sol au plafond. Est-ce que... est-ce que je suis folle ? »

Je l'ai retrouvée à sa maison le lendemain. En remontant sa rue dans mon fidèle pot de yaourt, j'ai pensé : *de la rouille*. Pas du sang. Une substance qui émanait des murs, du toit. Qui sait quels matériaux on employait dans la construction des vieilles maisons ? Qui sait ce qui pouvait filtrer après une centaine d'années ? Restait à savoir comment aborder la chose. Ça ne me tentait vraiment pas, de me lancer dans l'exorcisme et la démonologie, un truc de bigots à la con. Je ne pense pas non plus que c'était ce que voulait Susan. Mais elle m'avait quand même invitée chez elle, et des femmes comme elles n'invitent pas des femmes comme moi, sauf si elles veulent quelque chose. Du réconfort. J'allais dédramatiser le « filet de sang », trouver une explication rationnelle, et maintenir quand même qu'un petit nettoyage ne ferait pas de mal à la maison.

Des nettoyages répétés. Nous n'avions pas encore causé tarifs. Douze visites pour 2000 dollars, ça me semblait correct, comme gamme de prix. Il n'y avait qu'à étaler les interventions, une par mois, sur un an, et laisser au beau-fils le temps de s'adapter à sa nouvelle école, à ses nouveaux camarades. Puis il serait guéri, toute la gloire me serait attribuée et Susan ne tarderait pas à me recommander à toutes ses amies riches et flippées. Je pourrais me mettre à mon compte, et quand on me demanderait : « Qu'est-ce que vous faites ? », je dirais : « Je suis entrepreneuse » du ton hautain commun à tous les entrepreneurs. Peut-être que nous deviendrions amies, Susan et moi. Peut-être qu'elle m'inviterait à un club de lecture. Assise au coin du feu en mâchonnant du brie, j'expliquerais : « Je dirige une petite boîte, je suis une entrepreneuse, si vous voulez. » Je me suis garée, je suis descendue de voiture et j'ai pris une bouffée d'air printanier, pleine d'optimisme.

Mais j'ai alors repéré la maison de Susan. Je me suis arrêtée net pour la contempler. Et j'ai frissonné.

Elle n'était pas comme les autres.

Elle avait un aspect menaçant. C'était la dernière maison victorienne d'une longue rangée de constructions récentes banales, et c'est peut-être pour cela qu'elle semblait vivante, calculatrice. La façade était entièrement en pierre sculptée, vertigineuse dans ses détails : des fleurs et de la dentelle, de délicates tiges et des spirales plongeantes. Deux anges de taille humaine encadraient la porte, bras levés, l'air absorbé par quelque chose que je ne pouvais voir.

J'ai regardé la maison. Elle m'a rendu mon regard à travers de longues fenêtres inquiétantes assez hautes pour qu'un enfant puisse se tenir debout sur le rebord. Or, précisément, il y en avait un. Je voyais toute la hauteur de son corps mince : pantalon gris, pull noir, cravate bordeaux impeccablement nouée. Une mèche de cheveux bruns lui recouvrait les yeux. Puis, un flou subit : il était rentré d'un bond et avait disparu derrière les lourds rideaux de brocart.

Les marches du manoir étaient larges et raides. Mon cœur battait à tout rompre quand je suis arrivée en haut. J'ai dépassé les anges ébahis, atteint la porte et sonné. En attendant, j'ai lu l'inscription gravée dans la pierre à mes pieds :

CATERHOOK MANOR
ÉTABLI EN 1893
PATRICK CATERHOOK

Elle était gravée en lettres cursives sévères et victoriennes, les deux O rebondis sectionnés chacun par une plume acérée. En les voyant, j'ai eu envie de me protéger le ventre.

Susan a ouvert la porte. Elle avait les yeux rouges.

« Bienvenue au Caterhook Manor », a-t-elle dit avec une emphase feinte. Elle a remarqué que je la dévisageais – Susan n'avait jamais bonne mine quand je la voyais, mais là, elle n'avait même pas fait semblant de se brosser les cheveux et il émanait d'elle une odeur nauséabonde, âcre. (Elle ne sentait pas « le désespoir » ou « la dépression », juste la mauvaise haleine et la sueur rance.) Elle a haussé faiblement les épaules. « Ça y est, je ne dors plus du tout. »

L'intérieur de la maison contrastait du tout au tout avec l'extérieur. Seuls les murs avaient été conservés et la maison ressemblait maintenant à n'importe quelle demeure de riches. Ça m'a tout de suite ragaillardie. Un endroit comme ça, je pouvais le nettoyer : les lampes encastrées de bon goût, les plans de travail en granit, les appareils en acier inoxydable, les lambris neufs d'une régularité flippante, tel du chêne botoxé sur tous les murs.

« Commençons par la trace de sang », j'ai suggéré.

Nous sommes montées au premier. Il y avait deux autres étages. La cage d'escalier était ajourée, et en regardant à travers la rampe, j'ai aperçu un visage qui m'examinait du dernier. Cheveux et yeux noirs, sur une peau de porcelaine de poupée ancienne. Miles. Il m'a contemplée avec solennité pendant un instant, puis a disparu de nouveau. Ce gosse allait à merveille avec la maison d'origine.

Susan a décroché un tableau exquis du mur du palier pour que je puisse le voir dans son intégralité.

« Là. C'était là. » Elle a désigné une ligne imaginaire du plafond au sol.

J'ai fait semblant de l'examiner avec attention, mais il n'y avait pas grand-chose à voir. Elle l'avait complètement récurée. Je sentais encore l'odeur de javel.

« Je peux vous aider, j'ai dit. Il y a un extraordinaire sentiment de douleur ici. Dans toute la maison, mais ici, c'est vraiment flagrant. Je peux vous aider.

– La maison grince toute la nuit. Franchement, elle gémit, presque. Ça ne devrait pas être le cas. Tout à l'intérieur est neuf. La porte de Miles claque à des moments bizarres. Et lui… c'est de pire en pire. C'est comme si quelque chose s'était posé sur lui. Une obscurité qui pèse sur son dos. Comme une carapace. Il se déplace à toute vitesse comme un insecte. Comme un scarabée. Je serais prête à déménager, tellement j'ai peur, mais nous n'avons pas l'argent nécessaire. Nous ne l'avons plus. Nous avons acheté la maison trop cher, et les rénovations ont coûté presque autant et… mon mari ne veut pas, de toute façon. Il dit que Miles fait juste sa crise d'adolescence. Et que je suis une femme nerveuse, une idiote.

– Je peux vous aider, j'ai répété.

– Laissez-moi vous faire visiter le reste. »

Nous avons emprunté le long couloir étroit. La maison était sombre par nature. Il suffisait de s'éloigner de la fenêtre pour que descende la pénombre. Susan allumait les lumières au fur et à mesure que nous avancions.

« Miles les éteint à chaque fois, a-t-elle dit. Et je les rallume. Quand je lui demande de laisser allumé, il fait comme s'il ne voyait pas du tout de quoi je parle. Voilà notre cagibi. » Elle a ouvert une porte, révélant une pièce caverneuse avec une cheminée et des murs couverts de livres.

« C'est une *bibliothèque* ! » me suis-je exclamée. Ils devaient posséder un millier de bouquins, facile. Comment peut-on stocker un millier de bouquins dans une pièce et appeler ça un cagibi ?

Je suis entrée. J'ai été prise d'un tremblement violent. « Vous sentez ça ? Vous sentez la... lourdeur ici ?

– Je déteste cette pièce. » Elle a hoché la tête.

« Il faudra que je m'attarde particulièrement sur cette pièce », j'ai dit. J'allais y faire des séjours d'une heure complète juste pour lire, dévorer tout ce qui me tentait.

Nous sommes retournées dans le couloir, qui était de nouveau plongé dans l'obscurité. Susan a poussé un soupir et s'est mise à rallumer les lumières. J'ai entendu à l'étage le bruit d'une course effrénée d'un bout à l'autre du couloir. Nous sommes passées devant une porte fermée à ma droite. Susan a frappé – *Jack, c'est moi.* Le raclement d'une chaise qu'on repousse, le cliquètement d'une serrure, et un autre enfant, plus jeune que Miles de plusieurs années, a ouvert la porte. Il ressemblait à sa mère. Il a souri à Susan comme s'il ne l'avait pas vue depuis un an.

« Salut Maman », a-t-il dit. Il l'a entourée de ses bras. « Tu m'as manqué.

– C'est Jack, il a sept ans », a-t-elle fait. Elle lui a ébouriffé les cheveux.

« Maman doit aller faire un petit travail avec son amie », a dit Susan en s'agenouillant pour se mettre à son niveau. « Finis ta lecture et je préparerai un petit quelque chose à manger.

– Je ferme à clef ? a demandé Jack.

– Oui, ferme toujours à clef, chéri. »

Nous nous sommes remises en marche et nous avons entendu le cliquètement de la serrure derrière nous.

« Pourquoi la clef ?

– Miles n'aime pas son frère. »

Elle a dû sentir ma désapprobation : un ado qui aime son petit frère, ça n'existe pas.

« Vous devriez voir ce que Miles a fait à la baby-sitter qu'il n'aimait pas. C'est en partie pour ça que nous sommes fauchés. Les frais médicaux. » Elle s'est tournée brusquement vers moi. « Je n'aurais pas dû dire ça. Ce n'était pas... si grave. Peut-être un accident. Je n'en sais plus rien, en vérité. Peut-être que je suis juste folle à lier. »

Elle a eu un rire écorché. Elle s'est essuyé un œil.

Nous sommes arrivées au bout du couloir, où une autre porte était fermée à clef.

« Je vous montrerais bien la chambre de Miles, mais je n'ai pas la clef, a-t-elle dit simplement. Et puis j'ai trop peur. »

Elle a poussé un nouveau rire forcé. Il n'était pas convaincant ; pas assez d'énergie pour même évoquer un rire. Nous sommes montées à l'étage, une série de chambres tapissées et peintes, avec des meubles victoriens délicats disposés au petit bonheur la chance. Une des pièces contenait seulement un bac à litière « Pour notre chat, Wilkie, a dit Susan. Le chat le plus chanceux du monde : une pièce à lui, rien que pour sa merde.

– Vous trouverez une utilisation pour cette pièce.

– C'est un chat adorable, en fait. Presque vingt ans. »

J'ai souri comme s'il s'agissait d'une information intéressante et positive.

« À l'évidence, nous avons plus de place qu'il ne nous en faut. Je crois que nous pensions qu'il pourrait y avoir un autre... peut-être adopter, mais je refuse d'introduire un autre enfant dans cette maison. Alors nous vivons dans un garde-meubles hors de prix. C'est vrai que mon mari adore les antiquités. » Je me l'imaginais bien, ce mari snob et coincé. Un homme qui achetait des antiquités mais ne les trouvait pas lui-même. Une décoratrice chic à lunettes d'écaille faisait sans doute le boulot pour lui. Ça devait être elle aussi qui choisissait les bouquins pour lui. J'ai entendu dire que ça se faisait – acheter des livres au mètre, les transformer en meubles. Les gens sont débiles. Une débilité pareille, ça m'épatera toujours.

Nous avons repris l'escalier. Le dernier étage n'était qu'un vaste grenier avec quelques vieilles malles disposées le long des murs.

« Elles sont ridicules, ces malles, non ? a-t-elle chuchoté. Il dit que ça donne un peu d'authenticité à la maison. Il n'a pas apprécié les rénovations. »

Donc la maison avait fait l'objet d'un compromis : le mari voulait de l'ancien, Susan voulait du neuf, et ils s'étaient dit que ce contraste intérieur/extérieur les ferait tomber d'accord. Mais au final, les Burke étaient plus amers que satisfaits. Des millions de dollars plus tard, ni l'un ni l'autre n'étaient contents. Décidément, les riches ne mesurent pas leur chance.

Nous sommes descendues par l'escalier de derrière, étroit et vertigineux comme un terrier, et nous avons débouché dans une énorme cuisine moderne et étincelante.

Miles nous attendait, assis devant l'îlot central. Susan a sursauté en le voyant.

Il était petit pour son âge. Un visage pâle et un menton pointu, des yeux noirs qui s'agitaient nerveusement, comme ceux d'une araignée. Scrutateurs. *Extrêmement intelligent, mais déteste l'école,* j'ai pensé. *Ne reçoit jamais assez d'attention à son goût – même si Susan se consacrait entièrement à lui, ça ne suffirait toujours pas. Mesquin. Égocentrique.*

« Salut, Maman », a-t-il dit. Son visage s'est transformé, fendu par un grand sourire gauche. « Tu m'as manqué. » *Le bon petit Jack.* Il faisait une imitation parfaite de son petit frère. Miles s'est avancé pour enlacer Susan. Il marchait avec la posture voûtée, enfantine, de Jack. Il l'a entourée de ses bras, a enfoui son visage dans son flanc. Susan m'a jeté un regard par-dessus sa tête, les joues rouges, les lèvres pincées comme si une odeur épouvantable lui montait aux narines. Miles a levé les yeux sur elle. « Pourquoi tu veux pas m'embrasser ? »

Elle l'a serré brièvement. Miles l'a relâchée comme s'il venait de se faire échauder.

« J'ai entendu ce que tu lui as dit. À propos de Jack. À propos de la baby-sitter. À propos de tout. T'es vraiment une salope. »

Susan a tressailli. Miles s'est tourné vers moi.

« J'espère vraiment que vous allez partir pour ne plus revenir. Pour votre bien. » Il nous a souri. « C'est une affaire de famille. Tu ne crois pas, Maman ? »

Puis il est reparti par l'escalier de derrière dans un grand fracas avec ses grosses chaussures en cuir, se penchant lourdement en avant. C'était vrai qu'il filait de façon saccadée, comme s'il portait une carapace d'insecte, luisante et dure.

Susan a regardé le sol, pris une profonde inspiration et levé les yeux. « Il faut que vous m'aidiez.

– Qu'est-ce qu'il dit de tout ça, votre mari ?

– Nous n'en parlons pas. Miles est son fils. Il le protège. À chaque fois que je fais une remarque même vaguement critique, il dit que je suis folle. Il le dit souvent, que je suis folle. Une maison hantée. Peut-être que je le suis. De toute façon, il est tout le temps en voyage ; il ne saura même pas que vous êtes venue.

– Je peux vous aider. On peut parler tarifs, rapidement ? » Elle a été d'accord pour la somme, pas pour le délai : « Je ne peux pas attendre un an avant que Miles aille mieux ; il pourrait nous avoir tous assassinés d'ici là. » Elle a refait le rot désespéré qui lui tenait lieu de rire. J'ai accepté de venir deux fois par semaine.

Le plus souvent, je venais dans la journée, pendant que les enfants étaient à l'école et Susan au boulot. Je purifiais réellement la maison, dans la mesure où je la lavais. J'allumais ma sauge et répandais mon sel de mer.

Je faisais bouillir ma lavande et mon romarin, et je récurais cette maison, murs et sols. Puis je m'installais dans la bibliothèque pour lire. Et je fouinais, aussi. J'ai trouvé un milliard de photos de Jack, lumineux, tout sourire, quelques vieux clichés de Miles boudeur, un ou deux de Susan, maussade, et aucun de son mari. Je plaignais Susan. Avec un beau-fils en colère et un mari toujours absent, rien d'étonnant à ce qu'elle se laisse gagner par les idées noires.

Et pourtant. Et pourtant, je la sentais également : la maison. Pas forcément malveillante, mais... consciente. Je la sentais qui m'observait, le croiriez-vous ? Elle me cernait. Un jour, je frottais le plancher quand j'ai ressenti une douleur vive, déchirante dans mon majeur – comme si j'avais été mordue – et lorsque je l'ai retiré, je saignais. J'ai enveloppé étroitement mon doigt dans un de mes chiffons de rechange et j'ai regardé le sang traverser le tissu. Et j'ai eu le sentiment que quelque chose dans la maison se réjouissait.

J'ai commencé à flipper. Je me suis forcée à combattre la peur. *C'est toi qui as tout inventé,* me disais-je. *Alors arrête.*

Un matin, six semaines après que j'ai commencé, je faisais bouillir ma lavande dans la cuisine – Susan était au travail, les enfants à l'école – quand j'ai senti une présence derrière moi. Je me suis retournée : c'était Miles, dans son uniforme d'école, qui m'examinait avec un petit sourire narquois. Il tenait mon exemplaire du *Tour d'écrou.*

« Vous aimez ça, les histoires de fantômes ? » Il souriait. Il avait fouillé mon sac.

« Qu'est-ce que tu fais ici, Miles ?

– Je vous observais. Vous êtes intéressante. Vous savez que quelque chose de terrible est sur le point de se produire, n'est-ce pas ? Simple curiosité. »

Il s'est avancé, je me suis reculée. Il s'est arrêté à côté de la marmite d'eau bouillante. La chaleur lui rougissait les joues.

« J'essaie de rendre service, Miles.

– Mais vous êtes d'accord ? Vous le sentez ? Le mal ?

– Je le sens. »

Il a fixé des yeux la casserole d'eau. Passé un doigt sur le rebord puis l'en a écarté brusquement, rosi. Il m'a examinée de ses yeux noirs luisants d'araignée.

« Vous ne ressemblez pas à ce que je m'étais imaginé. Je pensais que vous seriez... *sexy.* » Il a dit ce mot d'un ton ironique, et j'ai compris ce qu'il entendait par là : sexy comme une diseuse de bonne aventure caricaturale. Gloss, longue chevelure et créoles. « Vous ressemblez à une baby-sitter. »

Je me suis encore écartée de lui. Il avait blessé la précédente baby-sitter.

« Tu essaies de me faire peur, Miles ? »

J'aurais bien voulu pouvoir m'approcher de la cuisinière, éteindre le brûleur.

« J'essaie de vous aider, a-t-il répliqué d'une voix posée. Je ne veux pas vous voir avec elle. Si vous revenez, vous allez mourir. Je ne veux pas en dire davantage. Mais je vous aurai prévenue. »

Il s'est retourné et il a quitté la pièce. Lorsque je l'ai entendu gravir l'escalier principal, j'ai versé l'eau bouillante dans l'évier, puis j'ai couru dans la salle à manger pour récupérer mon sac, mes clefs. Je devais partir. Quand j'ai attrapé mon sac, une odeur sucrée et nauséabonde a empli mes narines. Il avait vomi à l'intérieur – il y en avait partout, sur mes clefs, mon portefeuille et mon téléphone. Je n'ai pas pu me résoudre à attraper les clefs, à toucher cette infamie.

Susan est entrée en trombe, hors d'elle.

« Il est là ? Tout va bien ? a-t-elle dit. L'école m'a appelée pour dire que Miles ne s'était pas présenté. Il a dû entrer par la porte de devant et ressortir aussitôt par celle de derrière. Il n'aime pas vous savoir ici. Il vous a dit quelque chose ? »

Un violent fracas s'est fait entendre à l'étage. Un gémissement. Nous sommes montées en courant. Dans le couloir, pendue à un lustre, il y avait une minuscule figurine rudimentaire en tissu. Le visage dessiné au marqueur. Avec un nœud coulant en fil rouge. Des hurlements venaient de la chambre de Miles au bout du couloir. *Nonnonononnnnnnn. Espèce de salope, espèce de salope !*

Nous nous sommes postées devant la porte.

« Vous voulez lui parler ? j'ai demandé.

– Non. »

Elle est repartie dans le couloir, en larmes. Elle a décroché la figurine du lustre.

« J'ai d'abord cru que c'était moi, a dit Susan en me la passant. Mais je ne suis pas brune.

– Je crois que c'est moi.

– J'en ai tellement marre d'avoir peur, a-t-elle murmuré.

– Je sais.

– Non, vous ne savez rien. Mais ça ne va pas tarder. »

Susan est allée à sa chambre. Je me suis remise au travail. Je jure que j'ai travaillé. J'ai nettoyé la maison – chaque centimètre carré de mur et de sol – avec du romarin et de la lavande, j'ai étalé la sauge et marmonné mes incantations bidon pendant que Miles hurlait et que Susan pleurait dans la chambre au-dessus de ma tête. Puis j'ai renversé le contenu de mon sac plein de vomi dans l'évier de la cuisine et j'ai laissé couler l'eau jusqu'à ce que tout soit propre.

Pendant que je déverrouillais ma voiture dans le crépuscule, une vieille dame, élégamment poudrée et les joues gonflées artificiellement, m'a interpellée depuis le bout de la rue. Elle s'est hâtée vers moi, un petit sourire aux lèvres.

« Je veux juste vous remercier pour ce que vous faites pour cette famille, a-t-elle dit. Pour l'aide que vous apportez au petit Miles. Merci. » Puis elle a porté ses doigts à ses lèvres et a fait mine de les verrouiller, et elle est repartie du même pas avant que je ne puisse lui dire que je ne faisais absolument rien pour aider cette famille.

Une semaine plus tard, tandis que je tuais le temps dans mon minuscule appartement (une chambre, quatorze livres), j'ai remarqué quelque chose. Une tache, comme une flaque rouillée sur le mur à côté de mon lit. Ça m'a fait penser à ma mère. À mon ancienne vie. Toutes ces transactions – une chose contre une autre, et inversement – et rien de tout cela n'avait fait la moindre différence jusqu'à maintenant. Une fois la transaction terminée, mon esprit redevenait une page blanche, en attente de la prochaine transaction. Mais Susan Burke et sa famille, je ne parvenais pas à les oublier. Susan Burke, sa famille et cette maison.

J'ai ouvert mon ordinateur portable antédiluvien et j'ai fait une recherche : Patrick Carterhook. Un ronronnement, un grincement et enfin est apparu le lien d'un article du département d'anglais de la fac : « *Fait divers victorien : La sinistre histoire de la famille Carterhook.* »

Nous sommes en 1893 quand le magnat des grands magasins Patrick Carterhook emménage dans son splendide manoir de l'Âge d'Or au cœur de la ville avec son adorable épouse, Margaret, et leurs deux fils, Robert et Chester. Robert était un garçon perturbé, très enclin à tyranniser ses camarades de classe et à martyriser les animaux du quartier. À l'âge de douze ans, il incendia l'un des entrepôts de son père et resta sur les lieux pour contempler le désastre. Il ne cessait de tourmenter son petit frère, un enfant calme. À l'âge de quatorze ans, Robert se révéla incapable de se contrôler. Les Carterhook choisirent de le tenir à l'écart de la société : en 1895, ils l'enfermèrent dans le manoir. Il ne devait plus jamais mettre les pieds dehors. La violence de Robert ne cessa de s'accroître dans sa lugubre prison dorée. Il enduisait les biens de la famille de ses propres excréments et de son vomi. Une nurse fut envoyée à l'hôpital avec des contusions inexpliquées; elle ne reprit jamais ses fonctions. La cuisinière, elle aussi, s'enfuit par un matin d'hiver. Selon les rumeurs, elle avait souffert de brûlures au troisième degré lors d'un «incident de cuisine».

Personne ne sait exactement ce qu'il se passa dans cette maison la nuit du 7 janvier 1897, mais les résultats sanglants sont indiscutables. Patrick Carterhook fut découvert poignardé à mort dans son lit; son corps présentait 117 marques de coups de couteau. Margaret, la femme de Patrick, fut retrouvée abattue avec une hache – restée plantée dans son dos – tandis qu'elle essayait de s'enfuir au grenier par l'escalier, et le jeune Chester, dix ans, fut retrouvé noyé dans une baignoire. Robert s'était pendu à une poutre dans sa chambre. Visiblement, il s'était bien habillé pour l'occasion; il portait un costume du dimanche bleu, couvert du sang de ses parents. Il était encore mouillé d'avoir noyé son frère.

Sous l'article figurait une photo ancienne, floue des Carterhook. Quatre visages solennels, sans sourires, sur des corps engoncés dans des couches de ruché victorien. Un homme mince dans la quarantaine avec une barbe pointue soigneusement taillée; une femme blonde, menue, aux yeux tristes et perçants, si clairs qu'ils paraissaient blancs. Deux garçons, le plus jeune blond comme sa mère ; le plus âgé brun, les yeux noirs, un petit sourire mauvais et la tête penchée d'un air entendu. Miles. Le plus grand ressemblait à Miles. Pas parfaitement, mais l'essence y était : la suffisance, la supériorité, la menace.

Miles.

Si vous ôtez les lames de plancher pleines de sang et le carrelage taché d'eau ; si vous détruisez les poutres qui ont porté le corps de Robert Carterhook, et si vous abattez les murs qui ont absorbé les hurlements, est-ce que vous faites tomber la maison ? Peut-elle être hantée si ses entrailles – ses organes internes – ont été retirées ? Ou bien est-ce que l'infamie s'attarde dans l'atmosphère ? Cette nuit-là, j'ai rêvé qu'une petite silhouette ouvrait la porte de la chambre de Susan, se glissait près du lit tandis qu'elle dormait, et se postait calmement au-dessus d'elle avec un couteau de cuisine luisant emprunté dans sa cuisine à un million de dollars. La chambre sentait la sauge et la lavande.

J'ai dormi tout l'après-midi et me suis réveillée dans la pénombre, au milieu d'un orage. J'ai regardé le plafond jusqu'à ce que le soleil se couche, puis je me suis habillée et je suis partie pour le Carterhook Manor. Sans m'encombrer de mes herbes inutiles.

Susan m'a ouvert la porte avec les yeux mouillés. Son visage pâle se détachait sur l'obscurité de la maison.

« Vous avez bien un sixième sens, a-t-elle murmuré. J'allais vous appeler. Ça a empiré, ça n'arrête pas. » Elle s'est laissée tomber sur un sofa.

« Est-ce que Miles et Jack sont là ? »

Elle a fait oui de la tête et levé un doigt en l'air. « Hier soir, Miles m'a annoncé très calmement qu'il allait nous tuer. Et je m'inquiète vraiment… parce que… Wilkie… » Elle pleurait de nouveau. « Oh, zut. »

Un chat est entré lentement dans la pièce. Efflanqué et las, un vieux matou. Susan l'a pointé du doigt.

« Regardez ce qu'il a fait… à ce pauvre Wilkie ! »

J'ai mieux regardé. Au niveau de l'arrière-train, le chat n'avait plus qu'une touffe de fourrure effilochée. Miles lui avait coupé la queue.

« Susan, vous avez un ordinateur ? Il faut que je vous montre quelque chose. »

Elle m'a conduite à la bibliothèque, à l'étage, là où se trouvait le bureau victorien qui appartenait manifestement à son mari. Elle a actionné un interrupteur et la cheminée s'est mise en route avec un souffle. Elle a pressé une touche et l'ordinateur portable s'est illuminé. J'ai montré à Susan le site web qui détaillait l'histoire des Carterhook. J'ai senti son haleine chaude dans mon cou tandis qu'elle lisait.

J'ai désigné la photo : « Robert Carterhook ne vous rappelle pas quelqu'un ? »

Susan a hoché la tête, comme en transe. « Qu'est-ce que ça signifie ? »

La pluie cinglait les fenêtres obscures. J'ai eu une violente envie de ciel bleu et de soleil. La pesanteur qui régnait dans la maison était insupportable.

« Susan, je vous aime bien. Je n'aime pas grand monde. Je veux le meilleur pour votre famille. Et je ne crois pas que ça soit moi.

– Que voulez-vous dire ?

– Je veux dire que vous avez besoin d'une aide véritable. Moi, je ne peux rien faire. Il y a un problème avec cette maison. Je pense que vous feriez mieux de partir. Qu'importe ce que dit votre mari.

– Mais si nous partons… Miles viendra avec nous.

– Oui.

– Et… il sera guéri ? S'il quitte cette maison ?

– Je ne sais pas, Susan.

– Alors quoi ?

– Alors, à mon avis, je ne vais pas suffire à arranger les choses. Je ne suis pas qualifiée. Je ne peux rien y faire. À mon avis, il vous faut partir ce soir. Allez à l'hôtel. Deux chambres. Fermez la porte de communication à clef. Et ensuite… nous verrons. Mais la seule chose que je puisse vous offrir, c'est mon amitié. »

Susan s'est levée, chancelante, les mains sur sa gorge. Elle s'est écartée, a murmuré « excusez-moi », et s'est éclipsée. J'ai attendu. Mon poignet me lançait de nouveau. J'ai jeté un coup d'œil circulaire sur la pièce remplie de livres. Pas de fêtes ici pour moi. Pas de recommandations auprès d'amis riches et anxieux. J'étais en train de ruiner mon occasion en or ; je ne lui avais pas donné la réponse qu'elle attendait. Mais pour une fois, je me sentais honnête. Pas en train de me raconter que j'étais honnête, mais honnête, tout court.

J'ai vu la silhouette de Susan passer à toute vitesse devant la porte. Elle dévalait l'escalier. Miles a jailli à sa suite.

J'ai crié : « Susan ! » Je me suis levée, mais je n'ai pas réussi à trouver la volonté de sortir de la pièce. J'ai entendu des murmures. Insistants ou coléreux. Puis plus rien. Le silence. Et toujours rien. *Vas-y.* Mais j'avais trop peur pour m'aventurer seule dans ce couloir obscur.

« Susan ! »

Un enfant qui terrorisait son petit frère et menaçait sa belle-mère. Qui m'avait annoncé calmement que j'allais mourir. Un gamin qui avait coupé la queue du chat de la maison. Une maison qui attaquait et manipulait ses habitants. Une maison qui avait déjà vu quatre morts et en voulait davantage. *Reste calme.* Le couloir était toujours plongé dans l'obscurité. Pas de trace de Susan. Je me suis levée et me suis dirigée vers la porte.

Miles est soudain apparu dans l'embrasure, raide et bien droit dans son uniforme d'école, comme toujours. Il bloquait le passage.

« Je vous ai dit de ne jamais revenir ici, mais vous êtes revenue – vous êtes revenue à plusieurs reprises », a-t-il dit. Raisonnable. Comme s'il parlait à un enfant qui reçoit sa punition. « Vous savez que vous allez mourir, n'est-ce pas ? »

« Où est ta belle-mère, Miles ? » J'ai reculé. Il s'est avancé vers moi. Il était petit pour son âge, mais il me faisait peur. « Qu'est-ce que tu as fait de Susan ?

– Vous ne comprenez toujours pas, hein ? C'est ce soir que nous allons mourir.

– Je suis désolée, Miles, je ne voulais pas te contrarier. »

Il a ri de nouveau, plissant gaiement les yeux. Une hilarité totale.

« Non, vous m'avez mal compris. Elle va *vous tuer. Susan* va nous tuer, vous et moi. Regardez cette pièce. Vous croyez que vous êtes là par hasard ? Regardez bien. Regardez bien les livres. »

Les livres, je les avais déjà bien regardés. À chaque fois que je nettoyais la pièce, je regardais tous les livres, je les convoitais. Je m'étais imaginée en voler un ou deux pour mon petit club de lecture avec…

Avec Mike. Mon client préféré. Chaque bouquin que j'avais lu avec Mike ces dernières années se trouvait dans les rayons. *La Femme en blanc, Le Tour d'écrou, La Maison du diable.* Je m'étais félicitée quand je les avais repérés – qu'est-ce que j'étais intelligente, d'avoir lu tellement d'ouvrages de la bibliothèque de ces gens sophistiqués. Mais je n'étais pas une lectrice cultivée ; j'étais juste une pute débile dans la bonne bibliothèque. Miles a sorti une photo du tiroir du bureau, une photo de mariage. Le coucher de soleil d'été derrière les mariés les faisait apparaître en contre-jour, dans un halo. Susan était une version voluptueuse, vivante de la femme que je connaissais. Le marié ? J'ai à peine reconnu le visage, mais la bite, je la connaissais, pas de doute. Je dispensais des branlettes au mari de Susan depuis deux ans.

Miles m'observait en plissant les yeux, tel un comique qui attend que le public comprenne sa blague.

« Elle va vous tuer, et je suis presque sûr qu'elle va me tuer aussi.

– Comment ça ?

– Elle est au rez-de-chaussée en train d'appeler les flics. Elle m'a demandé de vous retenir. Quand elle va remonter, elle va vous abattre d'un coup de revolver, et elle racontera une de ces deux versions aux flics. Un : vous êtes une arnaqueuse qui prétend avoir des pouvoirs surnaturels de façon à exploiter la vulnérabilité émotionnelle des gens. Vous avez raconté à Susan que pouviez aider son fils instable – et elle vous a fait confiance – mais au lieu de ça, tout ce que vous avez fait, c'est venir dans la maison et la voler. Lorsqu'elle vous a interrogée, vous êtes devenue violente, vous m'avez tiré dessus, elle vous a abattue en état de légitime défense.

– Je n'aime pas celle-là. Quelle est l'autre option ?

– Vous êtes honnête, en fait. Vous avez vraiment cru que j'étais possédé par la maison. Mais finalement, je ne suis pas possédé. Je suis juste un adolescent sociopathe lambda. Vous m'avez provoqué, je vous ai tué. Elle et moi, nous avons lutté pour nous emparer du revolver, elle m'a tué en légitime défense.

– Pourquoi voudrait-elle te tuer ?

– Elle ne m'aime pas, elle ne m'a jamais aimé. Je ne suis pas son fils. Elle a essayé de me réexpédier chez ma mère, mais ma mère n'en a rien à faire de moi. Alors elle a voulu m'envoyer en pension, mais mon père a dit non. Elle voudrait me voir mort, ça c'est certain. Elle est comme ça, voilà tout. C'est comme ça qu'elle gagne sa vie : elle définit les problèmes, et elle les élimine. Elle a le sens pratique, quand il s'agit de faire le mal.

– Mais elle a l'air tellement…

– Effacée ? Non, elle ne l'est pas. C'est ce qu'elle voulait vous faire croire. C'est une femme d'affaires, elle est belle, et elle réussit très bien. C'est une dominante, bon sang. Mais vous aviez besoin d'avoir l'impression de vous attaquer à quelqu'un de plus faible que vous. L'impression d'avoir le dessus. Franchement, je me trompe ? N'est-ce pas l'essence même de votre activité ? Manipuler les manipulables ? »

Ma mère et moi, nous avions joué ce jeu pendant une décennie : nous vêtir et nous comporter comme des individus à plaindre. Je ne m'attendais pas à ce retournement.

« Elle veut me tuer… à cause de ton père ?

– Susan Burke avait un mariage parfait, et vous l'avez détruit. Mon père n'est plus là. Il est parti.

– Je suis sûre que ce n'est pas à cause de quelques… liaisons que ton père est parti.

– C'est la raison qu'elle a choisi de croire. C'est le problème qu'elle a défini et qu'elle projette d'éliminer.

– Est-ce que ton père sait… que je suis là ?

– Pas encore – c'est vrai qu'il est tout le temps en voyage. Mais une fois que mon père apprendra que nous sommes morts, qu'il entendra la version de Susan ? Une fois qu'elle lui racontera qu'elle était terrifiée, qu'elle est tombée sur la carte de la voyante dans son exemplaire de *Rebecca*, et que, dans son désespoir, elle est allée lui demander de l'aide… imaginez la culpabilité. Son fils est mort parce qu'il a voulu une branlette. Sa femme a été forcée de défendre sa famille et de *tuer* parce qu'il s'est fait faire une branlette. Cette horreur et cette culpabilité – il ne sera jamais en mesure de se racheter. Or c'est le but.

– C'est comme ça qu'elle m'a trouvée ? Ma carte ?

– Susan a trouvé la carte. Elle a trouvé ça bizarre. Louche. Mon père adore les histoires de fantômes, mais c'est le plus gros sceptique du monde – il n'irait jamais voir une chiromancienne. À moins… qu'elle ne soit pas vraiment chiromancienne. Elle l'a suivi. Elle a pris rendez-vous. Et quand vous êtes sortie de la salle du fond avec son exemplaire de *La Femme en blanc*, elle a su.

– Elle se confie à toi.

– Au début, j'ai trouvé ça flatteur. Puis j'ai compris qu'elle essayait de détourner mon attention. Elle m'a parlé de son projet de vous assassiner pour éviter que je réalise que j'allais mourir aussi.

– Pourquoi ne pas tout simplement m'abattre dans une ruelle la nuit ?

– Dans ce cas, mon père n'aurait pas souffert. Et si quelqu'un la voyait ? Non. Elle voulait vous tuer ici, où tout indiquait qu'elle était la victime. C'est en fait la solution la plus facile. Alors elle a inventé cette histoire de maison hantée pour vous attirer ici. Le Carterhook Manor, si *terrifiant*.

– Mais les Carterhook ? J'ai trouvé leur histoire sur Internet.

– Les Carterhook sont une fiction. Enfin, ils ont existé, sans doute, mais ils ne sont pas morts comme vous le croyez.

– Mais j'ai lu leur histoire !

– Vous avez lu leur histoire parce qu'elle a écrit leur histoire. C'est Internet. Vous savez comme c'est facile, de créer une page web ? Ensuite, il suffit de référencer quelques liens pour que des gens la retrouvent, y croient, et l'ajoutent à leurs propres pages web. C'est incroyablement facile. Surtout pour quelqu'un comme Susan.

– Cette photo, on aurait dit…

– Vous n'êtes jamais allée à un marché aux puces – il y a des boîtes et des boîtes de vieilles photos de ce genre à un dollar pièce. Ce n'est pas dur de trouver un gamin susceptible de me ressembler. En particulier si vous avez quelqu'un qui est prêt à y croire. Un pigeon. Comme vous.

– Le mur qui saigne ?

– C'était un bobard. Pour poser l'ambiance. Elle savait que vous aimiez les histoires de fantômes. Elle voulait vous faire venir, et vous convaincre. Elle aime bien jouer avec la cervelle des gens. Elle voulait que vous vous preniez d'amitié pour elle, que vous vous inquiétiez pour elle et puis – bam ! que vous passiez par ce moment de choc où vous alliez réaliser que vous allez mourir, et que vous vous êtes trompée de peur. Vos *sens* vous ont trahi. »

Il m'a fait un petit sourire méprisant.

« Qui a coupé la queue de votre chat ?

– C'est un manx, imbécile, ils n'ont pas de queue. Je peux répondre à vos autres questions éventuelles sur la route ? Je préférerais ne pas rester là à attendre la mort.

– Tu veux venir avec moi ?

– Voyons : partir avec vous ou rester là et mourir ? Ouais, j'aimerais bien venir avec vous. Elle a sans doute fini son appel. Elle doit être en bas de l'escalier. J'ai déjà accroché l'échelle d'incendie dans ma chambre. »

Les talons de Susan claquaient dans le salon, en direction de l'escalier. Elle se déplaçait rapidement. En m'appelant.

« S'il vous plaît, emmenez-moi avec vous, a-t-il dit. S'il vous plaît. Juste jusqu'à ce que mon père rentre à la maison. S'il vous plaît, j'ai peur.

– Et Jack ?

– Jack, elle l'aime. C'est juste de nous qu'elle veut se débarrasser. »

Les pas de Susan, maintenant plus rapides, plus proches.

Nous sommes sortis par l'échelle de secours. Une vraie scène de film.

Nous étions dans ma voiture, en train de rouler, quand j'ai réalisé que je n'avais pas la moindre idée de ma destination. Le visage pâle de Miles réfléchissait la lumière des phares que nous croisions comme une lune maladive. Des gouttes de pluie dégoulinaient de son front sur ses joues et son menton.

« Appelle ton père », j'ai dit.

« Mon père, il est en Afrique. »

La pluie martelait le toit métallique de la voiture. Susan Burke (cette superbe arnaqueuse !) avait instillé chez moi une telle frayeur de la maison que j'avais été aveugle. À présent, je pouvais réfléchir : une femme brillante épouse un homme riche. Ils ont un bébé proprement adorable. La vie est belle à l'exception d'une chose : le beau-fils détraqué. Je la croyais lorsqu'elle disait que Miles avait toujours fait preuve de froideur à son égard. Je suis certaine qu'elle avait toujours fait preuve de froideur à l'égard de Miles. Je suis certaine qu'elle avait essayé de se débarrasser de lui dès le départ. Une femme aussi calculatrice que Susan Burke n'était sûrement pas du genre à vouloir élever le fils excentrique et farouche d'une autre femme. Susan et Mike parviennent à s'entendre un certain temps, mais bien vite, sa cruauté envers le premier-né de son mari gâte leur relation. Il se détourne d'elle. La main de sa femme sur sa peau le glace. Il vient me voir. Et continue de venir me voir. Avec les livres, nous avons juste assez en commun pour qu'il arrive à se raconter que c'est une espèce de liaison. Ses relations avec Susan continuent de se dégrader. Il quitte la maison. Il laisse Miles avec elle car il part à l'étranger – dès son retour, il prendra des dispositions. (C'était une pure supposition, mais le Mike que je connaissais, qui gloussait en jouissant, semblait être le genre de mec qui récupérerait son fils dans de pareilles circonstances.) Malheureusement, Susan découvre son secret et m'impute la faute de la destruction de son mariage. Imaginez la colère, à l'idée qu'une femme de mauvaise vie dans mon genre *manipulait* son mari. Et à présent, elle était coincée avec un affreux gamin qu'elle détestait et une maison qu'elle n'aimait pas. Comment résoudre le problème ? Elle se met à préparer son coup. Elle m'attire chez elle. Miles m'avertit à sa façon elliptique, il joue avec moi, il apprécie le jeu pendant un moment. Susan donne aux voisins une vague explication – je suis là pour aider le pauvre petit Miles – de sorte que lorsque la vérité va éclater – je suis une ancienne pute reconvertie en arnaqueuse – elle va apparaître comme une malheureuse, une pauvre âme à plaindre. Et moi, comme une nuisible. C'est la méthode idéale pour commettre un meurtre.

Miles s'est tourné vers moi avec son large visage de lune et il a souri.

« Vous savez que vous venez de vous transformer en kidnappeuse, techniquement.

– Je pense qu'il faut qu'on aille trouver la police.

– Il faut qu'on aille à Chattanooga, dans le Tennessee », a-t-il dit avec une légère impatience, comme si je me défilais devant un plan prévu depuis longtemps. « C'est là que se tient Bloodwillows cette année. Ça se passe toujours à l'étranger – c'est la première fois que ça a lieu aux États-Unis depuis 1978.

– Je ne vois pas du tout de quoi tu parles.

– C'est le plus gros salon du fantastique du monde, rien que ça. Susan m'a interdit d'y aller. Alors vous pouvez m'emmener. Je pensais que ça vous ferait plaisir – vous qui aimez les histoires de fantômes. Vous pouvez récupérer l'autoroute si vous prenez à gauche au troisième feu.

– Je ne vais pas t'emmener à Chattanooga.

– Vous feriez mieux. C'est moi qui commande, maintenant.

– Tu te racontes des histoires, jeune homme.

– Et vous, vous êtes une voleuse et une kidnappeuse.

– Je ne suis ni l'une ni l'autre.

– Susan n'a pas appelé les flics parce qu'elle s'apprêtait à vous tuer. » Il a ri. « Elle a appelé les flics parce que je lui ai dit que je vous avais surprise en train de voler. Vous comprenez, certains de ses bijoux ont disparu. » Il a tapoté les poches de son blazer. J'ai entendu un tintement.

« À présent, elle est remontée à l'étage et elle a découvert que son beau-fils perturbé a été kidnappé par une voyante qui est accessoirement une pute et une voleuse. Donc on va devoir se faire discrets pendant quelques jours. Ce n'est pas un problème, Bloodwillows ne commence pas avant jeudi.

– Susan voulait me tuer parce qu'elle a découvert ce qu'on faisait, ton père et moi.

– Vous pouvez prononcer le mot *branlette*, vous savez. Ça ne me choque pas.

– Susan a découvert la vérité.

– Susan n'a rien découvert du tout. Elle est extrêmement intelligente, mais c'est une imbécile. C'est moi qui ai compris. J'emprunte tout le temps les livres de mon père. C'est *moi* qui ai trouvé votre carte, *moi* qui ai trouvé vos notes dans la marge. C'est *moi* qui me suis rendu sur votre lieu de travail et qui ai compris. Une partie de ce que dit Susan est vraie : elle me trouve bizarre. Quand nous nous sommes installés ici – après que je lui ai dit que je ne voulais pas, et j'ai été très clair là-dessus – j'ai commencé à provoquer des choses, dans la maison. Rien que pour la faire flipper. C'est *moi* qui ai monté ce site web. Moi. C'est *moi* qui ai inventé l'histoire des Carterhook. C'est *moi* qui vous l'ai envoyée, juste pour voir si elle allait enfin ouvrir ses bon sang d'yeux et ficher le camp. Elle n'a pas compris, elle a gobé vos bobards.

– Alors Susan disait la vérité sur toutes les choses terrifiantes qui se passaient dans la maison. Tu as vraiment menacé de tuer ton frère ?

– Le fait qu'elle m'ait cru en dit plus long sur elle que sur moi.

– Et c'est vrai que tu as poussé ta baby-sitter dans l'escalier ?

– Mais non, elle est tombée. Je ne suis pas violent, je suis juste intelligent.

– Ce jour-là, avec le vomi dans mon sac, la crise que tu as piquée à l'étage et la poupée pendue au lustre ?

– Le vomi, c'était moi, parce que vous ne m'écoutiez pas. Vous ne partiez pas. La poupée aussi. Et même le petit bout de lame de rasoir dans le plancher qui vous a coupé le doigt. Ça, c'est une idée inspirée par une technique de guerre de la Rome antique. Vous avez déjà lu… ?

– Non. Et ces hurlements ? Tu semblais vraiment hors de toi.

– Oh, ça, c'était réel. Susan avait découpé ma carte de crédit et l'avait laissée sur mon bureau. Elle essayait de m'enfermer. Mais c'est là que j'ai réalisé que vous étiez ma porte de sortie de cette saleté de maison. J'ai besoin d'un adulte pour presque tout, en fait : conduire une voiture, prendre une chambre d'hôtel. Je suis trop petit pour mon âge. J'ai quinze ans mais j'ai l'air d'en avoir douze. J'ai besoin de quelqu'un comme vous pour pouvoir me déplacer. Tout ce que j'avais à faire, c'était de vous convaincre de me faire sortir de la maison, et vous étiez à ma merci. Parce que vous savez parfaitement que vous n'irez pas voir les flics. J'imagine qu'une femme dans votre genre a un casier. »

Miles avait raison. Les gens comme moi ne vont jamais, jamais trouver la police, parce que ça se retourne systématiquement contre eux.

« Tournez à gauche pour récupérer l'autoroute », a-t-il dit.

J'ai tourné à gauche.

J'ai digéré son histoire, l'ai retournée et examinée dans tous les sens. *Attends, attends.*

« Attends. Susan m'a dit que tu avais coupé la queue de votre chat. Toi, tu m'as dit que c'était un manx… »

Il a souri.

« Ha ! Bien vu. Donc quelqu'un vous ment. On dirait que vous allez devoir choisir à quelle histoire vous accordez votre foi. Vous préférez croire que Susan est dingue ou que c'est moi ? Qu'est-ce qui vous rassurerait le plus ? Au début, je pensais que ça serait préférable si vous croyiez que la folle, c'était Susan – que vous me plaindriez dans mon malheur, et que nous pourrions être amis. Compagnons de route. Mais finalement je me suis dit : peut-être que c'est mieux si vous pensez que c'est moi le méchant. Peut-être que comme ça vous avez plus de chances de comprendre que c'est moi qui commande… qu'est-ce que vous en pensez ? »

Nous avons roulé en silence pendant que je considérais mes options.

Miles m'a interrompue. « Franchement, je trouve que tout le monde est gagnant, là. Si Susan est dingue et qu'elle veut notre départ, voilà, nous sommes partis.

– Que va-t-elle dire à ton père quand il va rentrer ?

– Ça dépend de l'histoire que vous choisissez de croire.

– Est-ce qu'il est seulement en Afrique, ton père ?

– Je ne pense pas que mon père doive entrer en ligne de compte dans votre décision.

– OK, et si c'est toi, le dingue, Miles ? Ta mère va lancer les flics à nos trousses.

– Arrêtez-vous sur ce parking, devant l'église. »

Je l'ai examiné des pieds à la tête, en quête d'une arme. Je n'avais pas envie de finir en cadavre laissé pour compte sur le parking d'une église abandonnée.

« Allez, faites ce que je dis, OK ? » a lancé sèchement Miles.

Je me suis engagée dans le parking de l'église fermée juste à l'entrée de l'autoroute. Miles a bondi dehors sous la pluie et il est allé se réfugier en haut des marches, sous la corniche. Il a sorti son portable de son blazer et passé un appel, le dos tourné. Il est resté au téléphone une minute. Puis il a jeté l'appareil au sol, l'a piétiné un petit moment et est revenu à la voiture en courant. Son odeur rappelait le printemps, c'était troublant.

« OK, je viens d'appeler ma petite peureuse de belle-mère. Je lui ai dit que vous me faisiez flipper, que j'en avais marre de la maison et de ses excentricités – comme son habitude d'inviter des individus aussi infects – que je m'étais enfui et que j'allais dormir chez mon père. Il vient de rentrer d'Afrique et je vais m'installer chez lui. Elle n'appelle jamais mon père. »

Et il avait détruit le téléphone de façon à ce que je ne puisse pas vérifier s'il avait vraiment appelé Susan ou s'il jouait encore la comédie.

« Et qu'est-ce que tu vas lui dire, à ton père ?

– Rappelons-nous simplement que quand on a deux parents qui se détestent et passent leur temps à travailler ou à voyager, et qui, de toute façon, voudraient se débarrasser de vous, on peut raconter beaucoup de choses. On a une belle marge de manœuvre. Alors vous n'avez vraiment pas besoin de vous en faire. Prenez l'autoroute, il y a un motel à environ trois heures d'ici. Avec le câble et un restaurant. »

J'ai pris l'autoroute. Du haut de ses quinze ans, ce garçon avait l'esprit plus vif que moi à deux fois son âge. Je commençais à me dire que tout ce truc de rentrer dans le droit chemin, de penser aux autres, de faire le bien, c'était *de la connerie en boîte.* Je commençais à me dire que ce garçon pourrait faire un bon acolyte. Ce minuscule ado avait besoin d'un adulte pour se déplacer dans le monde, or pour une arnaqueuse, rien ne pouvait être plus utile qu'un arnaqueur en herbe hors pair. « Qu'est-ce que vous faites dans la vie ? » demanderaient les gens, et je dirais : « J'élève mon fils. » Imaginez tout ce que je pourrais faire gober, toutes les escroqueries que je pourrais réussir, si les gens pensaient que j'étais une gentille petite *maman.*

En plus, ce salon, Bloodwillows, avait l'air vraiment cool.

Nous nous sommes arrêtés au motel trois heures plus tard, exactement comme l'avait prévu Miles. Nous avons pris des chambres voisines.

« Dormez bien, a dit Miles. Ne partez pas dans la nuit, sinon j'appellerai les flics et je reviendrai à mon histoire de kidnapping. Je promets que c'est la dernière fois que je vous menace, je ne veux pas être salaud. Mais il *faut* qu'on arrive à Chattanooga ! On va s'amuser comme des petits fous, je vous le jure. Je suis trop content d'y aller, je n'en reviens pas. J'ai envie d'y aller depuis mes sept ans ! » Il a fait une drôle de petite danse d'excitation et il est retourné dans sa chambre.

Il était plutôt sympathique, ce gamin. Peut-être sociopathe, certes, mais très sympathique. Je le sentais bien. J'étais en train de me rendre à un endroit où tout le monde avait envie de parler bouquins, en compagnie d'un gamin intelligent. J'allais enfin quitter New York, pour la première fois de ma vie, et j'avais la possibilité d'exploiter une nouvelle approche, l'approche « maman ». J'ai décidé de ne pas m'en faire : je ne saurais peut-être jamais la vérité sur les événements qui s'étaient produits au Carterhook Manor (ça sonne du tonnerre, non ?). Mais soit j'étais foutue, soit je ne l'étais pas, donc j'ai choisi de croire que je ne l'étais pas. J'avais convaincu beaucoup de gens de beaucoup de choses au cours de ma vie, mais ceci serait mon plus grand exploit : me convaincre moi-même que ce que je faisais était raisonnable. Pas honnête, mais raisonnable.

Je me suis mise au lit et j'ai jeté un coup d'œil à la porte de la chambre communicante. J'ai vérifié qu'elle était bien fermée à clef. J'ai éteint la lumière. J'ai regardé le plafond. J'ai regardé la porte.

J'ai poussé la commode devant.

Absolument rien à craindre.